KB126206

우연히 잡힌 주파수처럼,

필라멘트처럼

모악시인선 026

우연히 잡힌 주파수처럼, 필라멘트처럼

김다연

모악

시인의 말

머리와 가슴 사이
우물이 있다

생각은 짜고
감정은 차갑다

두레박에서 떨어지는 물소리가 좋았으리,

그것만 퍼내면
된다

2021년 백로
김다연

차례

2부 느낌표를 놓친 문장들

3부 사실과 허구 사이

4부 벼랑의 절정

1부
울음에 울음을 버리면
칼이 됩니까

은행잎지전나비

달에 휩싸였던 눈물 빛 놓고 간다

새살이 밀어내는 딱지처럼 몸속의 푸른 독毒 뽑고서 간다

이 얼마나 눈부신 날개인가?

밤마다 가려운 쪽으로 기우는 나무,

상처 아물리던 그늘이 날개였음을 알았기 때문이다

눈물꽃

이불 안 파고가 만든 벼랑이 있네
몸꽃 핀 아버지 흰 국화 거품을 게워내네

솔숲을 일렁이는 눈처럼
자물거리는 바다, 밀고 부서지면서
흐릿한 바위섬을 떠올리네

한 방울, 또 한 방울
고로쇠인 듯 수액이 떨어지네
심전도의 잔물결이 수평선을 펼치네

괜찮아요, 아버지
쉬 떨구지 않은 글썽임도 표면장력,
나를 당신의 눈에 담으려는
아득한 밤바다의 속성인걸요
화석화 한 잎 새기려는 벼랑인걸요

달빛 속에 떠가는 흰 국화 바다를 출렁이네

바람을 위한 만사輓詞

바람이 더 외로웠던 거다

정처 없어 나무를 붙잡고 흔들렸던 거다

뿌리내리지 못한 사랑처럼,

분향하는 외로움

속울음에 하얘진 자작나무처럼

흔들림을 삭혀 붉어버린 주목朱木처럼

승화원 굴뚝에 피는 당신

이 별의 인연으로

허공을 쥔 채 몸 비트는 등나무도

뿌리에 힘을 주고 이파리 만장 팔랑거린다

길고 곧은 수목원의 행렬들,

병 속의 시간

둥근 모서리마다 다닥다닥 붙은 하루살이들
고물거리는 밥알을 녹여 삼킨 거미줄과 춤을 춘다

붙잡고 싶은 손보다 없는 다리가 먼저 만져지는
병 속에 갇힌 엄마의 목소리가
유령처럼,

애야, 거긴 너무 무섭구나 이리로 오렴!

마구 전등이 흔들리고
사방에서 성당 종소리가 울려 나오는 흰 방,
터진 모래주머니처럼 쏟아지는 잠 속에서 눈을 뜨면

액자 속 붉은점모시나비들이 아파
침대가 아프고
누군가 두고 간 꽃다발 속 안개도 아픈데

거긴 괜찮아? 엄마

나선형 미끄럼틀을 타고
하염없이 내려가는 클라인병

투명한데 안팎이 서로 보이지 않아

목소리뿐인
엄마 때문에 내가 아파

이제 그만 마개를 닫을게요 엄마, 안녕!

새드 카페 sad cafe

이곳은 세상에 없는 카페입니다
자정에만 문이 열리죠

바다와 유채꽃밭이 맞물린 창틀에 흰나비 한 마리 바르르
떨고 있습니다 꿈꾸고 있는 거죠, 아니면 꿈에서 깨어나든가

여기선 누구나 호접몽을 꾸죠, 그 중
어떤 꿈은 이루어지고 어떤 꿈은 그냥 지나쳐버리고 또 어
떤 꿈은 여기 그대로 머물러 있어요*

가장 슬픈 기억을 주문해 보세요 그러면 압정으로 꾹 눌러
놓은 액자 속의 나비를 꺼내다 줄 거예요 가장 슬픈 기억은
아직 이루어지지 않았으니까

누가 창을 들여다보다 가네요
세상 밖에는 비가 내리나 봐요

거긴 어때요? 여기는 눈이 내리죠, 유채꽃을 물고 바다에
내려앉는 흰 나비 떼

*그룹 이글스의 노래 「sad cafe」 중에서

38도 9부

'울컥'을 삼키자
코뚜레가 뚫렸다

울지 않는 소 한 마리
내 몸에 묶인 것이다

울컥거릴 때마다
몸살을 앓는 소

소가 되어도
코뚜레 뚫을 구멍 없다던
경허선사를 찾자

코뚜레만 남기고
사라진 소

울컥할 때마다
내 몸에서 소 울음이 들린다

생생

우연히 잡힌 주파수처럼 멈춘 가등 밑 차창에
빗방울이 빗방울을 받아
적조한 서간을 적는다

방울방울
타자기를 두드리는
빗줄기의 문장, 읽는 순간 흐릿하게 번지는 문법은

오직 한 사람만을 위한 미세한 전류

빗방울에 미끌리는 빗방울의 행간에
공중을 맴돌며 울먹여도 봤을
구름의 얼룩들이

나와 나 사이
투명한 원형의 막에 갇혀
필라멘트처럼 떤다

차 안으로 스며 차안此岸으로 날아오르는 불사조들,

한 마리씩

속눈썹에 적시는 나는
비이면서 빗방울인 빗줄기

정적이 묵어가는 밤

쩌어억, 하품을 하며 벽이 뒤틀린다 블라인드 사이로 끼는 빛을 인화하는 천정, 오늘도 그럭저럭 살았다고, 켰는지 끊었는지 모를 스탠드 전등이 머릿속을 점멸한다 종일 걸었는데 제자리인 초침, 샤샤, 부우 보일러는 검은 비닐봉지를 씌우고 잠을 질식시킨다 늘 자애롭고 평화롭게 혼자서 묵주를 돌리는 마리아상, 썩는 것인지 싹 트는 중인지, 부스럭거리는 베란다 구석 감자 상자 속으로 먼 획을 긋는 기차의 숨소리

눈을 좀 붙여 봐요, 눈을! 눈 속으로 눈이 오는 이런 밤은 흔한 일, 문단속을 한 번 더 하고 나는, 쌓이는 불면을 푹푹 먹어 치운다

검우劍雨

겨눌 수 있을 것도 같다

오뉴월 밤, 가부좌를 틀고

적요 사이사이 울음을 놓는 내공으로

온몸의 푸르름을 밭는 청개구리 한 마리

울음에 울음을 벼리면 칼이 됩니까?

맑은 빗방울로 허공을 긁어

정적을 끊는 세우細雨

돌은 생각하고 생각하였다

우연이 발굴된 돌탑이
유네스코 문화유산으로 등재되었다는 소식에

돌은 생각하고 생각하였다

돌이기 전의 바위를
바위이기 전의 돌산을
돌산이기 전의 모래를
모래이기 전의 흙을
흙이기 전의 먼지를
먼지는 먼지를 함축하고 함축하였다

바람만이 아는 연대기를
풀고 풀어놓기 위해서,

돌은 좀 더
자신의 내면으로 들어가
골똘했다

깨지고 뒹굴고 굴절되어 흐르면서
생각지도 못했던 자신이 우연이었음을,

2부
느낌표를 놓친 문장들

클라인 병

식탁에 놓인 병 속의 유령같이
머리만 달린 숟가락같이
공간을 여닫거나 파먹을 손잡이도 없이
병 속에 놓인 식탁같이
식탁에 앉은 유령같이
안과 밖이 없는 줄을 치고
혼돈을 깁는 거미같이
뭔가 자꾸 만져지는
그 뭔가 키득키득 웃는다
흔들리는 전등같이
울음을 마친 자명종에 빨려드는 통증같이
꿈속의 현실같이
눈꺼풀을 여는
동공이 '-여' 불규칙으로 바뀔 뿐
두 번 뜨는 블루문처럼
뒤집어도 그대로인
괴괴한 막,
잡히면서 사라지는 공간에
들붙는 하루살이들 모호하다

최북崔北의 눈

격정과 풍류 사이,
종이 안 붓을 종이 밖으로 흘려보낸다

수묵은 감정의 차이

앞에서 보는 것과 뒷면을 비추는 게 다른
호롱불 채색에, 낙관처럼
발 하나 떡허니 올려놓는다

엉덩이 추켜들고
주춤거리는 메추리처럼

붓으로 웃다가 울다가
산수山水로 뒤범벅인 눈

외눈이 오른눈을 보는 시점인지
오른눈에 외눈을 들이는 시점인지
문풍지를 찢는 소리처럼 단 한 번의 획을 친다

풍류와 격정은 관점의 차이

혼잣말 메아리로 들을 수만 있다면

안으로 둘둘 말린 종이 밖의 풍수화
펼칠수록 안으로 말려드는
구룡연九龍淵에 빠져

삼라만상의 단호한 고요란,

태양이 빛나는 밤에

맨정신을 진료하는 주치의의 처방전,
알약들을 변기통에 쏟는다

약을 먹는 일보다 개수를 세어가며 버리는 게 더 효과적인

알약을 삼키는 변기통의 소용돌이 속에서
고요한 괴성이 빨려 나온다

자석에 끌리는 종이 위의 쇳가루처럼
장례식의 그레고리안 성가처럼
내게서 흘러나오는 빛의 색채들,

영혼을 갉는 불안이
달과 별을 알약처럼 부풀린다
사이프러스가 발작하듯 휘감긴다

귀를 자를까, 자르기 전
고흐는 얼마나 많은 알약을 세며 버렸을까?
색채를 소리로 처방하는

까마귀의 눈 같은 청진기를 대고

내 안의 환청에 귀 기울여 볼 것

별이 빛나는 밤의 구도 속에는
알약처럼 부푸는 태양이 떠다니고 있다

맨정신으로 꿈을 꾸면 꼭 정신 나간 사람 같아

적당한 가치

불안과 공포를 혼동하여 샀던 뭉크를 매물로 내놓았다

입을 크게 벌린 채 귀를 막는 건 절규, 괴기한 이 그림을

사상 최고가로 사들인 이가 있어 귀소문 했더니

그림이 아니라 그림 밖의 광경을 샀단다

화류와 희소성, 취향과 해석 사이

제각각 매기는 그림의 가치

과연 누가 뭉크를 감정할 수 있을까

두려움과 불안이 일렁이는 내면의 바다를 공감할 수 있다면

얼마든지 모조하여도 좋을 세계여

지금 내 책상 앞에 절규하는 뭉크는, 당연히 가짜다

플롯들

우연을 가장했든 필연이든, 사실을 허구 속에 담은 암수동체의 물고기가 붉은 점자들을 산란한다 낱말은 낮달처럼 피식거리다가 삽시간에 달궈지는 일몰의 철판을 뒤집는다 단락과 느낌표를 놓친 채 틀 속에서 구워지는 문장들, 지느러미와 부채꼴 꼬리를 단 물고기를 뜨겁게 부화한다 빵빵하게 부풀어 석간에 오른 보트피플들, 조금씩 떼어먹을까 호호 불어 한입에 넣을까

브리핑은 늘 물음표처럼 꼬리를 남긴다 점자와 틀만 남겨두고 현장을 떠나는 기자의 입에서 풍기는 비린내, 캉캉 춤을 추며 보트피플을 밀어내는 바다에 끊임없이 구워 방류되는 붕어빵들

무는 무無

골치 아파, 무를 다룰 때마다
이걸로 무얼 만들지?

생채를 치고
깍두기 담고
무국을 끓여도

한구석이 허전한, 차라리

날로 우걱거려야
혓바닥 끝으로 올라오는
알싸한 맛

땅속에 뿌리박은 것들의 살은
양념으로 그 맛을 낼 수 없다

뽑히는 순간 무는 무다

장난감 병정을 만들고
하얀 속살에 색을 입히는 건
창작이 아니라

무 아닌 무를 베끼는 것

무념무상,
무를 다룰 때에는
간혹 손가락 생채기를 입어야 한다

물방울 우주

걷어내는 걸 잊지 않고
수면을 박차는 가창오리 떼,

물그림자 떼는 그 순간부터가 비상이다

뒤늦은 물수제비의 파문은
물이 물방울을 튕기는 것

외주물집, 물마당이
아코디언처럼
허공을 켜다가 떨어진다

바람에 마르는 홑청인 듯
자울거리는 새털구름

산그늘이
물그림자 난막卵膜을 치는
저물녘

도로 제 그림자에 내려앉는 오리들

저만치 지켜보는
당신의 눈

네모난 동그라미

의혹이 굴러다닌다

제 정체를 모르는 모난 것들이

모서리를 깎아 동그란 안과 밖을 만들어

텅 빈 공간에 스스로를 가둔다

그치? 세상엔 둥근 것들이 너무 많아!

곡선 하나로 그려지는 투명한 막, 그런데

왜, 밖이 보이지 않을까

눈 비벼 오래 바라보면 찾아드는 비문증,

동그란 둘레가 고해소임을 깨닫는 건

벼랑 아래로 굴러떨어지는 그 순간뿐이다

사과의 순간

무사히 곤두박질쳤다 치자,

지구의 뒤통수를 바리깡이 밀어놓은 듯한 골목, 메두사의 머리를 파마하는 미장원 지나, 목탁소리 공양하듯 절구통 두드리는 방앗간 지나, 불쑥 튀어나오는 아이들의 야구공 지나, 신나게 밟는 자전거 바퀴 엎질러지는 내리막

하와의 본능이 있고, 심심한 뉴턴의 과학이 있고, 세잔의 정물화 걸린 스티브 잡스의 낡은 창고가 있는 그 아래

항상 떨이인 장수사과 장수가 있다 치자

똑같은 사과인데 제각각 가치가 다른 사과와 사과와 사과들

썩는 건 마찬가지, 사과가 사과에 사과하는, 사과를 나눠 먹는 일이 지구의 지름길이라 치자

11월의 비망備望

자신의 눈이 행성인 줄 알까? 누가
낯설고, 낯익은 방을 뚫어져라 면벽하여
꿈틀거리는 벽지의 자벌레를 볼 수 있을까

꼬리만 끼어 있는 환절기
꼬리를 당기면 깡마른 생쥐의 몸통이 끌려 나오는,
한눈엔 안보이고 실눈 뜨면 보이는

생략된 형체 찾아, 나 들판으로 갈 거야

행선지도 없이 환승을 꿈꾸는
누군가의 유전流轉처럼
열렸다 닫히는 틈새에 끼는 것들은

벽지 무늬에 꿈틀거리는 자벌레처럼
생쥐처럼,

들판 가르는 기차처럼 기다란 꼬리를 달고 있지

혹하므로
혹하지 않는다는 불혹

마른 들길이
좀 더 새 뜨는 마을과 마을을
나직이 읊는 노을의 오래된 문장을 달싹이며

난 사라져버릴 테야, 눈 감아도 보이는 비밀의 행성으로

아카시아

몇 해나 이 길을 오갔을까,
나들목의 허리선이 올인원을 조이는 것 같은
병목현상의 국도

나뭇가지에 널린 삼각팬티 무늬로
아카시아꽃이 피는 시간

뱉어버린 껌처럼
천변에 달라붙은 창 없는 집들에
붉은 기동대 회전등이 소용돌이친다

무정부주의자도 사회주의자도 아닌
여자들,
가시를 가졌다는 이유만으로 짓이겨지는 꽃잎들

늙은 산부인과 의사가
붉은 자궁을 긁어낼 때마다
아픔을 아픔으로 견디기 위해

스스로를 찌르던 그 가시 때문에,

자궁 대신
피멍 든 젖가슴을 신고 달려온
화스유네임*이라 불리는 여자

며칠 후엔
아무 일 없이 크라운 비어를 기울일 그 여자의 꽃술이

오뉴월 길목에 밥알처럼 떨어진다

---

*what is your name

달을 깎다

운명이란 우연이 아니지

깎아도 다시 자라는 손톱 같은 거야

뼈인지 각질인지, 톡톡 튀어

어스름 허공에 걸리는 초승달 같은 거지

내가 걷는 골목길, 치켜세우는 엄지, 믿거나 말거나

생은 실없이 들여다보는 손금 같은 거야

어디만큼 자를 것인지 망설일 때

눈웃음 곧잘 치는 나는

너무 많이 잘라내 붉어지는 그믐달

그저, 운명이란 색채만이 바뀌는 거야

3부
사실과 허구 사이

고蠱

　　독충들을 그릇에 넣어 서로 잡아먹게 하면 최후 살아남은
독충은 가공할 독을 갖게 되는데 이를 고라 하고,
　　투기하거나 저주하는 이가 있어
　　오동나무 목각인형에 그의 이름과 사주를 적어 주술을 건
다음, 고를 그의 주변에 풀면
　　소원을 이룰 수 있는데 이를 무고巫蠱라 한다

　　실록은 없지만,

　　독충들을 그릇에 넣어 서로 잡아먹게 하면 최후 살아남은
독충의 독이 사라지는 족속도 있다
　　독으로 해독하는 독,
　　잃어버린 독 대신 독을 가진 것들을 잡아먹는 습성을 갖게
되는 이 고는
　　독성을 품은 것의 몸속을 파고들어 서서히 독을 갉아먹는
데, 독성을 다 잃으면 죽고야 마는

　　그것이 사람의 마음이다

액정이 깨진 오후

알람이 죽자 안개가 낀다

귀를 맞추면 입이 틀어지는 조각 퍼즐처럼
몸 따로 생각 따로 하품을 한다

무중력의 침대에 누워 설정하는 무의미들

취한 구름에 몰리는 시간 속으로
무의미가 만드는 의미들이
토막 뉴스처럼 둥둥 떠다닌다

지우개가 달린 연필, 지우개만 남은

생각은 토르소와 같다
발목에 머리를 달고
떠도는 안개의 인형들

알람이 꺼진 오후는 완전하다 설정된 채
멈춘 것들의 무중력한 장
구름 속에 머리를 던지고 유빙하는

늙은 여자의 부풀린 고해 같은 하품

각기 다른 공백들을 끼워 맞추며
오후에서 오후로 건너는 시간의 퍼즐 조각들

액정 밖으로
죽은 시계를 찬 당신의 손목이 불쑥 떠오르기 조금 전,

내 얼굴을 한 인형이 벨을 누른다

튜닝

「밀리언 달러 베이비」를 본 남자가 무심코 「실비아」를 본 여자의 이야기도 듣기 전, 당신과 나의 쏘울은 영 다르군……
구멍 난 양말짝 같은 감정을 가스레인지에 처박고 간다

삶을 앓는 삼류복서와
정신을 앓는 일류작가 사이

타살과 자살 사이

봄비가 재즈처럼 흐르는 남자와 여자 사이,

동정과 연민은 동질의 것이나 사뭇 다른 감정, 남자는 「밀리언 달러 베이비」의 불우한 여자를 보았을 거고 여자는 거울 속의 「실비아」를 굽어보는 '실비아'를 봤을 뿐인데

빗물이 자막처럼 흐르는 필름은 주파수나 표준음도 없이 재생되는 뫼비우스 띠 같아서……

대변하다

말 참 많다 한 말 또 하고 듣던 말 또 듣고

술 취해 서너 시간,
다음 날엔 쓸데없이 지껄였다며
뱉은 말에 주석을 다는
그의 변명이 이렇다

스승의 법문을 듣던 제자가 중얼거렸다

―한 말 또 하고 자빠졌네

제 말에 귀가 닳은 노승, 법문을 놓자마자 제자의 뺨을 후
리며

―야 이눔아! 너 세상에서 안 해본 말 있어?

―안 해본 말 있으면 니가 법문 혀 야, 이 썩을눔아

―배를 째야 멸치 똥도 까는 거여

미침에 대하여

김치가 미친다
생것과 익은 것의 중간

부글부글 벌겋게
배추 속살이 발효하는 시간

바늘로 손가락 끝을 따고 짜내던
어머니 썩은 속빛이다

흘려 넣으면 막힌 속이 풀리던
소다보다 속한 국물

노을을 절이는 지평처럼
꾹꾹 손바닥을 눌러가며

김칫독 숨소리로 뜨던
미쳐가는 소리,

미치지 않고 살아가는 세상이 수상하다

세우細雨

가랑비에 젖는다는 말은 비급秘急이다

풀잎처럼 예리하고
그, 너울처럼
여릿하고 낭창하여

젖는 자만이 느낄 수 있는 검초

미세한 떨림 뒤에
무뎌지는 감각,
결국은 모든 사념을 앗기고야 마는

젖는 줄도 모르고 젖는다는 것은
치명적 내상이다

사소한 감정에 방심하는 생,

딱 한 번
젖은 적 있던 여자가

다시, 가랑비 속으로 걸어간다

가라앉히다

말린 칡뿌리와 볶은 옥수수
결명자에 둥글레를 넣고 끓이던 주전자가 넘친다
가스 불이 꺼진다

뭐, 그럴 수도 있지

빨래부터 널고
바닥을 닦아야지, 는적이는 생각이
막힌 변기통의 레버를 몇 번이고 내리는 것 같다

불이 센 탓인지
너무 뜨겁게 우려지는 씨앗들 때문인지
늘 그만큼 가늠하던 물 눈금이었는데

왜 그래?

넘어가도 될 일에 곧잘 토를 다는 당신이
주전자 뚜껑 같은 입술 달싹거리며
불을 대변한다
씨앗처럼 우려져 봤다는 듯,

너무 빨리 달아오른 물방울과 물방울이 부딪쳐 넘친 것뿐
인데

　그냥 불을 좀 줄이면
　지금껏 당신이 마셔온
　그 물맛이 우려지는 것인데

　뭐가 어때서, 그럴 수도……

숫자의 행방

지금 거신 전화는 없는 번호입니다!

그가 사라졌어, 간단히
모호한 멘트만 남기고
어느 날 갑자기

숫자의 유령이 된 거야

우연한 사실처럼
먹먹했어, 사라진 그보다
유품 같은 숫자가

지금 거신 전화는 없는…… 번호를 자꾸 눌러
피우는 안개 속에서
숫자의 유령과

안개를 비벼 먹고
안개로 샤워를 하고
안개의 침대에 뒹굴며

설정된 기억을 풀게 하네

공갈빵처럼 부풀어 중력을 잃는
시간의 몽유, 아무것도 달라지지 않는
이런 식의 망각이 좋아

그의 부재를, 다만
없는 번호 탓으로 착각하기 시작했어

화이트 아웃

창공을 내려와 지상에 귀화한 새
무한의 자유를 버리고 조브장한 안에 갇힌 새

바람으로 땋던 깃을
뒤뚱거리는 무게로 바꾼 새

어딘가 남아있는 고도의 외로움에
꽁지만큼 닳은 날개로
공연히 허공을 치는

어리석은 새,

푹푹 고아대는 중복中伏의 알몸이
숙명이라면 혹 모를까

로댕의 다나이드처럼, 관능적인

와우蝸牛, Wow*

달팽이의 촉수는 음향을 탐지한다 미세한 풀잎의 떨림, 풀
잎 끝에 대롱거리는 이슬방울의 장력까지 감지하여 연체의
몸에 저장한다 껍데기는 일종의 진공관, 탐지한 주파수는 나
선의 관 속에서 보정되거나 증폭된다 알맞게 변주한 음향의
재생으로 생활하는 달팽이의 길은 소리의 점액질, 그리하여
끈적끈적하고 느려졌을지 모를 일

Wow 이어폰을 낀다

같은 말이 달리 들리고
다른 말도 똑같이 들리는,
어두운 세상 말귀를 보정한다

힙합처럼 리믹스한 말들이 좋고
사실과 허구 사이
불규칙한 떨림이 좋은

내 귀는 껍데기, 그 속에 끈적끈적한 민달팽이가 살기 시
작했다

---

*녹음과 재생장치 용어

59

모래의 여자

줄사다리를 타고 올라가는 집, 사다리를 걷으면 공중에 떠 있는 모래의 성에 사는 여자

블라인드로 가린 방이 있고
등받이 없는 나무 의자와 몇 권의 책과 흐트러진 침대가 있고,
식탁엔 모래를 찍어 먹는 감자

장난감 고양이를 기르고
천정엔 모빌처럼 매달린 빈 화분들,
모래알을 털어 넣는 잠처럼

다져지지 않는 것들, 다질수록 더 잘게 바스라지는 것들을 끝없이 흘리며 모래시계를 뒤집는 여자

속옷처럼 벗는 낙타걸음 뒤로
퍼 온 모래 포대가 보이고,
하루하루 퍼 올리지 않으면 바닥이 사라지는 모래의 늪에

줄사다리 하나로 매달린 여자, 그 또한 모래여서

자이로스코프 효과

팽이가 돈다 빠르게 돌수록 꼿꼿하게 서고 천천히 돌면 비스듬히 기울고, 도는 한 쓰러지지 않는다

나도 돈다

비몽사몽
웃음과 울음의 교차 속에서
넘어질 듯 말 듯
끊임없이 돌아야 하는 생의 관성,

어지럽지 않으면 쓰러지고야 말므로

바람개비처럼
때론 회전목마를 타듯

무거운 중력을 축으로
허공과 바닥 사이
나를 잃어버리기 위해 돌고, 돈다

사순 무렵

허수아비에게 고해를 하네

참새처럼 살았습니다

앙상한 나무틀에
성성한 바람의 휘장,
석양의 면류관을 눌러 쓴

두 팔을 크게 벌린 채 기운 그의 품에

철없는 아이처럼
철새의 울음을 흘리는
겨울 들판의 미사

제 탓이요 서툰 못질 탓이요

몇 번이나 박아 넣은 자리에
다시 못을 치지만
흔적 하나 남기지 않는

새들의 아버지, 돌아온 탕아의 아버지

저문 사람의 마을에
손을 얹고
고해의 목록 같은 검은 구름
흰 눈으로 풀어 내리는 그의 몸에

도드라지는 숱한 못 자국들

4부
벼랑의 절정

절정

벼랑이 절정이다

절정에 이르려 허공을 기댄,

절정을 맛보려 꽃을 피우는 나무

가장 아뜩한 발밑의 낭떠러지,
그 거리를 내려야 하는

필 때 붉고
떨어질 때 붉고

밟혀야 온전히 붉은 동백

방아쇠 증후군

딸깍!

무엇을 겨냥한 것일까
손가락을 펼 때마다
빈 방아쇠 당기는 소리

컴퓨터 자모를 억지로 두드렸거나
손가락질을 너무 많이 해댔거나

손을 놀려 먹고사는 직업 탓이라 한다, 나는

졸지에 총잡이가 되었다
딸깍딸깍 함부로 방아쇠를 당기는 무법자

빈 총에도 쓰러져줄 줄 아는 애인이 있으면 좋으련만,

족족 빗나가는 과녁에
삶의 등 뒤에, 공연히
허공을 당기는 일도 지겨워

손가락을 내 머리에 겨누는 버릇이 생겼다

한도를 초과한 말

너무너무 사랑해
죽도록 사랑해,란 말보다

그냥 사랑해가 나아

챙이 너무 큰 모자를 쓴 거 같아
그림자만 커지지

귀는 닳아도
가슴은 막연해

깊이 넣어둬,
먹먹한 감정의 카피copy

사랑해,
그냥

혼잣말을 쳐

많이 지쳐 보이죠,
세상의 모든 말 끌어와
말 옆에 매어두는 말에 다친 말
말 때문에 고비 넘긴 말
갈기만 잡고 말을 부리는
변사처럼 말을 탄 게 얼마만이야
타지 않은 말의 탄력에
이내 축축해지는 말의 질주,
내차거나 사납거나
홀로 마른 풀 질경이는 말은
시간 *끄*는 말
그 말 내 말 아님을 알죠
당신도 당신 말이 아니니까
서둘러 발을 빼고 히힝 웃죠
이 말들을 풀어
야생마처럼 몰고 모는 나는
신파극이 마냥 신이 날 수 없어요
자자~ 워워~ 쭛쯔,
굽이치는 말의 잔등 올라타고
또 한고비 넘어가야죠
채찍 하나 쥐고, 이랴!

꽃샘의 징후

불을 켠 채 기다리는 잠처럼

썼다 지운 문장 다시 적어 봉하는 서간書簡처럼

말더듬이처럼

감기를 앓아야 한다, 전화기를 꺼 두고 시든 베고니아에
물을 주고 열리지 않는 서랍의 손잡이 만지작거리며
창틀이 덜컹거리는 몇 날을

제 기척에 놀라는 도둑고양이처럼

먼 길 건너온 황사처럼

점멸등처럼

가닿지 못한 말들 어눌하게 삼켜야 한다

각시붕어

얼마나 물살에 시달려야 저토록 납작해질까

무엇이 두려워 떼로 몰려 살게 되었을까

제 것이 아닌 듯한 빛깔 곱게 차려입고

얕은 바닥이나 휘저어 더 비린 것들

암수 가리지 않고 각시붕어, 요상한 이름만큼이나 사연도
많을

입수염도 달지 않은 천한 것들이

허물

편백나무 붙들고 한철 내내 울던 매미는
울음으로 무언가를 봉했을 거야

캄캄한 유폐의 기억 말고
한낮의 뜨거움, 모두 다 아는 사실 말고

그보다
아뜩하고 뜨거운 생의 또 다른 허구

이를테면, 휘청휘청
공중을 밀어 올리는 편백이나
옹두리에 집을 짓는 청설모의 비밀을

고행의 껍데기로 고스란히 남겨두고

후생에도 매미일 매미는
울음으로 울음을 봉하며 생을 버리는 거지

백로白露

둑 너머 들대 휘우듬한 밤
나는 갯새가 된다

소멸하는 별빛 하나 물어다가
풀벌레 울음 받아 적는 적요한 강물에
케미라이트를 켠다

그리고 기다린다 자울자울

월척에 홀려
밤을 꿰는 낚시꾼들은 모르리

강물 앞에 앉는다는 것,
먹물 같은 물속 들여다보며
젖는다는 것

흰 이슬 맺히면 오곡도 알이 찬다는데
무르디무른 이 마음은
누가 심은 풀씨인지

둔치 아래 메밀꽃,

인디언 라인처럼

달빛이 비스듬히 기울인 저수지 수면에
어느 부족 여인의 모습이 비친다

이목구비는 조금 어색하지만
상현上弦의 윤곽을 두른
달 그늘 같은 눈웃음이
나와 많이도 닮았다

나바호족이라면
'달의 웃음'이라 이름 지었을 듯,

한참을 들여다보던 물이
전생의 초음파 영상을 보여주듯
잔잔히 일렁일 때

입도 닮고 콧잔등도 닮고
윤곽도 그대로인데,
눈웃음만 주름으로 접힌 모르는 여자가

하현下弦의 물속에서
빤히 나를 올려다본다

진도 가는 길

눈, 눈, 눈

자해하듯 차창에 달려드는 눈보라를 위해 속도를 늦출 순 없었다 어떤 광기가 스스로를 저렇게 소진시킬 수 있단 말인가

독해하지도 달랠 수도 없는 눈

참 이상하지, 한밤의 폭설은 앞이 보이지 않아도 길을 연다 그런데 나는 지금 어디로 가는가

돌아오기 위해 떠나는 것이 아니므로 정처가 없다

물병과 담배 한 갑, 그밖에 딸려 온 것이라곤 백지장 같은 눈발뿐으로 이정을 묻는다는 건 미친 짓이다 그런데, 여긴 어딘가

대설주의보에 막힌 해안선 가등 아래 오도카니 앉아 있는 저 눈사람은 또 누구인가

입을 달아도 말 못하고 눈을 붙여도 보지 못하는 눈사람은 죽은 사람

귀를 막고 울부짖었는데 아무것도 깨어나지 않는

폭설에 묻힌 바다, 매몰된 섬, 닿은 곳이 끝은 아니었다

5부
어느 날의 섬들

더 이상 쥐어짜지 마라

비틀린 채 마른걸레는 그대로 미라였다

수행은 오직 닦는 것,

바닥이거나 벽에 걸린 생이라거나

무릎 꿇고 닦아내는

내 한 몸의 얼룩은 수식에 불과하다

레디메이드 인생
—치매

애초
아버진
불알 두 쪽이 밑천이었지요

체면과 똥고집에
기울어버린 가세 지키느라, 그마저
늘어지고 쪼글쪼글해졌지요

이밥처럼
장독에 쌓인 눈 멍하니 바라보다

얘야 밥 먹자

가부좌를 트는
늙은 홀애비의 핫바지 새로
얼핏,

시렁에 얽힌 곶감 같은 저 속에
떫떠름한
열 개의 씨가 박혀 있었다니!

한쪽은 맨정신
또 한쪽은 망상

아버진 애초
느자구 없는 짝불알이었지요

어느 날의 섬들

어디 두었더라?

주머니를 뒤집고 가방을 쏟고
탁자 밑을 들춰봐도 차 키가 없다
눈에 익은 곳부터
오래 열어보지 않은 서랍까지 삐걱거린 후에야
아차, 카센터에 차를 맡긴 기억이 떠오른다

늘 쓰는 물건은 한두 군데 놓이는 게 아니어서
찾기 어려울 때가 종종 있다,
어제인지 그제였는지
우린 기억보다 습관을 더 의지하지

의식과 무의식의 중간쯤에서
몸에 익은 행위를 반복하는
습관이란 맹인의 지팡이와 같아,

기억처럼 메모리할 필요 없는
우연히 맞추는 퍼즐 같기도 한 본능

습관적으로 먹고 자고

습관적으로 사랑하고
그러다 폐기되는
단순한 프로그램, 우 우

차를 찾으러 가야 하는데 차 키가 없네
아참, 차와 함께 맡겼지

잠겼다 떠오르는 섬들,

정지론

자, 식사를 즐기는 동안 내 뒤통수에 묻어둔 썰 한 번 풀어볼 테니,

쉬 달아올랐다 식는 냄비의 근성은 가마솥의 뚝심을 익힐 것이며

각론에 소란한 접시들은 밥풀처럼 끈끈한 사발협정을 맺을 것이며

단두대 영이 서린 도마와 칼은 생죽음을 짜고 돌지 말 것이며

퐁퐁은 남들의 비린내를 닦기 전에 침물 쩔은 제 주둥이부터 닦을 것이며

밥통은 밥통, 따뜻함을 간직하되 쉰내를 풍기지 말 것이며

닦고 빨고 쥐어짜느라 너덜너덜해진 행주야말로 저 자신을 아는 철학자와 같으니

자자, 밥 다 먹었으면 행주로 입들 닦으시게

가면의 민낯

주름을 편다고 팔자가 달라지나

콧대까지 세운 당신을 두고 하는 말이 아니야

닳은 눈썹 위에 초생달을 그려 넣으니 밤눈이 밝아졌어,
나도

얼굴, 얼의 굴곡을 바꾸고 싶어

조금 튀어나왔을 뿐인 입부터 밀어 넣고, 코는 당연히 클
레오파트라, 눈은 누구더라? 왜, 그 영화 있지, 비련의 여주인
공……

망설이다 그만뒀어 주름이야 당기면 그만이지만

매력 포인트 내 눈웃음은 어떻게 해 또, 어떤 표정으로 울
지?

그보다 더 큰 문제도 있어

그이가 내 얼굴 보고 천연의 굴이 사라졌다 착각할까 봐!

오월의 냄새

아래층 곰보빵 냄새가 굴풋하니 부풀어 오르는 오월의 다 저녁, 치맛자락에 하혈을 묻힌 여자가 벗었던 가운을 다시 입게 한다

갓 스물 넘었을까, 막 연애에 빠지면 좋을 앳된 얼굴이 배를 잡고 비틀린다

자궁외임신이었다 아이는 이미 죽어 있었고, 죽은 생명을 한동안 품고 있던 여자가 입을 막고 울 때

밖에는 작약처럼 화염병이 터지고 있었다

곰보빵보다 맵고 따가운 최루탄 냄새가 먼저 몸에 배던 나날, 오늘따라 왜 이리 늦은 환자가 찾아드는지, 꽉 걸어 잠근 문을 황급히 두드리는 소리 쫓아 청년 둘이 뛰어든다

코와 입을 가린 손수건에 유혈이 낭자한 학생들이었다 하나는 최루탄에 스쳤고 한 명은 깨진 뒤통수에 곤봉 자국이 선명했다

침상에 누운 여자와 청년의 세 눈길, 아니 네 사람의 눈이

번갈아 부딪칠 때

　똑같은 붉음인데 왜, 달리 피 냄새가 맡아질까? 곰보빵과
화염의 불꽃

　똑같이 처방한 항생제 봉지들을 들려 보내고

　달팽이 걸음을 끄는 어두운 밤길에 서둘러 지는 아카시아
꽃,

　두 개의 피를 섞으면 저런 냄새가 나는지

　까마득히 오는 오월, 아카시아 향내만 짙어

뭐더

말도 말어
이날 이적지 이 배꼬라지로 어찌 산 건지
당최 살았다고 헐 수 없당게

오메 어찌야 쓰까
글믄 여적 역실러 살았디야

긍게 말여 나도 시방 그걸 통 모르겄어

밥상머리서 헐 말 따로 있제
그만 해찰허고 뜨던 숟갈이나 마저 뜨쇼이
목 마친 게 짓국도 잔 뜨고 어여

고마워
근디 누가 내 밥 축냈간디
한 볼테기뿐이 없디야

아따! 임자
징허게 미쳤는게비
생전 얼씬도 않던 집이 서방이 아까막새 딴년허고 개안하
게 거들드만

씨부럴 놈, 살아서도 속창아리 작작 썩이드니
인지기 뭐 드느라 안 갔디야
여가 어딘 줄 알고!

여그가 그라고 안 좋다 안 흡디요!

고요한 밤 거룩하지 않은 밤

별길을 밟아 아르카* 찾아온 성탄의 밤, 징글벨 징글벨! 징
그런 후렴 사이

쟈크처럼 벌어지는 Y마트 뒷골목을
비스듬 눌러 쓴 작업모 같은 가등 아래
소주병이 마유馬乳 냄새 풍기며 바람을 찬다

도둑고양이가 울어대는
무인텔과 간판 없는 여인숙 사이

이정처럼, 국경처럼 서 있는 Y마트

1+1을 세일하는 낯선 나라에
아르카의 행방을 찾는 아르길**의 발길이 닿는다

손짓발짓 다 하고
몇 봉지의 과자에 술병을 챙긴 뒤
말똥 냄새 맡아지는 쪽으로 놓는 걸음 끝

후미진 쪽방, 아르카는 종적 없고

쟈크 고장 난 작업복을 껴입은 채
가죽 부대처럼 웅크렸을 한뎃잠만이
침침한 별자리로 누워있을 뿐

초록색 테이프로 얽은
지도 같은 창밖, 쏟아지는 눈발이 지우는
머나먼 초원의 별

고비에서 고비로, 아르카는 또 어느 별자리를 따라갔을까
징글벨 징글벨

---

* **몽골 노동자 이름

소리 없이 그리다

모른다, 얼마나 울어야 할지
어떻게 울어야 할지, 어렵기만 한 울음의 방식

액자 자국만 남은 사진을 보며 울고
망치 소리만 들리는 못 자국에 우는 울음

물감을 짜 마구 덧칠하는 허방 같다

유리창을 두드리는 빗방울,
맺혔다 흘러내리는 물의 변주처럼

속울음 번지는 저물녘

맨발만 남은 신발들을 늘어놓고
먼지 낀 소파 밑 바둑알을 늘어놓고
즐기던 프로를 틀어도

닦이지 않는 얼룩 하나

까르르, 아랫집 웃음소리가
뜸 들이는 밥 냄새로 올라올 때

라면이라도 끓여야지,

거울 속에 들어앉아 웃는 연습을 해야지

배 띄워라, 지전무 紙錢舞

그늘을 달여 먹인, 그늘은

바람을 빌고, 바람은 흔들림을 빌고, 흔들림은 쏠림을 빌어
무사히 오른 바닷길

잔너울 인다
드세고 격한 파랑과는 달리
자기 안의 감정을 쓸어

배추흰나비처럼 나풀거리는 춤사위

수평선을 재우면
수심도 잠들 수 있을까, 그 아래
산 채로 가라앉은 선창을 치는

어미 고래의 울음을 들을 수 있을까

섬으로 떠난다 했다
나비 문양을 새긴 가방에
열여덟 무른 꽃씨를 넣고 옥구름을 넣고
엄마 품을 넣어 오른 바다의 여정

수평선을 당기면 섬 하나 떠오를까

너울처럼
표류하는 잔해물처럼
바람에 엮어 날리는 지전무

물거품만 밀어오는 바다에
섬 그늘 한 채 달여 먹인다

한 사람만을 위한 미세한 전류

문신(시인, 우석대 교수)

1.

"자정에만 문이 열리"(「새드 카페」)는 세계가 있다. 그곳은 "잃어버린 독 대신 독을 가진 것들을 잡아먹는 습성"(「고」)이 흐르는 "두려움과 불안이 일렁이는 내면의 바다"(「적당한 가치」)이다. 그러니 자정의 문을 함부로 열었다가는 "영혼을 갉는 불안이 / 달과 별을 알약처럼 부풀"(「태양이 빛나는 밤에」)리는 "치명적 내상"(「세우」)을 입을 수도 있다. 물론 예외적인 존재가 없는 것은 아니다. "삶을 앓는 삼류복서와 / 정신을 앓는 일류작가 사이"(「튜닝」)에서 방황하는 존재에게는 자정의 문이 허락된다. 우리는 그런 존재를 오랫동안 시인이라고 불렀다.

김다연의 시는 삶과 정신을 앓는 존재의 비망록처럼 읽힌다. 시집의 절반은 삶의, 나머지는 정신의 "속울음 번지는 저물녘"(「소리 없이 그리다」)을 견고한 언어의 숲에 가두어놓았다. 그렇다. 김다연은 앓는 존재를 시라는 언어에 가두어두었다. 아니 어쩌면 시인 스스로가 존재의 앓는 순간에 사로잡혀 있는지도 모른다. 그의 시를 읽고 나면 저물녘의 어스름에 감염된 것처럼 삶의 갈피들이 아려온다. 그러나 왜 아린지는 알 수 없다.

한나 아렌트가 "칼로 베인 고통이나 깃털의 간지럼은 칼이나 깃털의 성질에 관해 아무런 진술도 하지 못하며, 심지어 그것들이 세계에 존재한다는 사실도 증명하지 못한다"(「인간의 조건」)라고 강조했을 때처럼, 김다연의 시는 삶을 앓게 하는 '칼'은 물론 정신을 앓게 하는 '깃털'에 관해 아무것도 말해주지 않는다. 드러난 것은 소리 없이 '앓는' 존재뿐이다.

모른다, 얼마나 울어야 할지
어떻게 울어야 할지, 어렵기만 한 울음의 방식

액자 자국만 남은 사진을 보며 울고
망치 소리만 들리는 못 자국에 우는 울음

물감을 짜 마구 덧칠하는 허방 같다

유리창을 두드리는 빗방울,
맺혔다 흘러내리는 물의 변주처럼

속울음 번지는 저물녘

맨발만 남은 신발들을 늘어놓고
먼지 낀 소파 밑 바둑알을 늘어놓고
즐기던 프로를 틀어도

닦이지 않는 얼룩 하나

까르르, 아랫집 웃음소리가

뜸 들이는 밥 냄새로 올라올 때

라면이라도 끓여야지,

거울 속에 들어앉아 웃는 연습을 해야지

「소리 없이 그리다」 전문

존재는 "자국"을 남기는 것으로 자기가 존재한다는 사실을 증명한다. 이때 "자국"은 상처의 다른 말이 아니며, 상처를 폭로하기 위해 "울음"이 선택된다. 주목할 사실은 '자국'이 발생하는 이유가 예외 없이 다른 존재와의 충돌 때문이라는 점이다. 그것은 삶이 언제나 복수의 존재로부터 발생하며, 존재와 존재의 충돌 없이 삶은 발생하지 않는다는 깨달음을 준다. 삶을 생산하는 과정에서 다른 존재는 때로 '칼'로, 때로 '깃털'로 존재에게 '자국'을 남기게 되며, 다른 존재의 자국을 수용하는 과정에서 존재는 "울음의 방식"으로 앓게 된다. 이러한 과정을 삶이라고 부를 수 있다면, "자국"은 삶을 증명하는 상처가 될 것이다. 하지만 무엇이 그러한 자국을 남겼는지, 왜 삶에 상처가 생겼는지는 알 수 없다. 삶의 자국은 "물감을 짜 마구 덧칠하는 허방"에 불과하며, 닦으려고 해도 "닦이지 않는 얼룩"으로 남는다. 이렇게 「소리 없이 그리다」는 증명할 수 없는 존재의 삶에 관해 이야기한다. "액자 자국", "못 자국", "맨발만 남은 신발", "먼지 낀 소파 밑 바둑알" 같은 것은 누군가 살았다는 자국이다. 화자는 이러한 자국을 "보며 울"지만 "얼마나 울어야 할지 / 어떻게 울어야 할지"는 알지 못한다.

그렇다면 김다연이 "울음에 울음을 버리면 칼이 됩니까?"(「검우」)라고 묻는 이유는 무엇일까? '칼' 때문에 '울음'을 울어야 했다면, 역으로 울음의 중첩은 또 다른 울음을 끌어내는 '칼'이 될 수 있다. 따라서 칼과 울음의 관계는 원인과 결과의 순환 속에 놓이면서 서로를 자신의 내부로 인식하게 된다. 칼은 울음의 "거울 속에 들어가 웃는 연습"을 하고, 주체를 바꾸어 울음 역시 칼의 거울 속에서 웃음을 연습한다. 이렇게 주체 전환의 순환을 살아가는 존재들은 서로에게서 자신의 '자국'과 '울음'의 흔적을 발견하게 되고, 그러한 흔적의 기원이 자기라는 근원적 물음에 도달하게 된다. 살아가는 동안 존재의 울음은 다른 존재에게 칼이 되어 자기 기원의 자국을 남길 수 있다는 의미다. 이러한 사실을 알고 나면, 삶이 존재의 충돌 속에서 서로 자국을 남기고 울음으로 반응한다는 사실이 더욱 자명해진다. 그럴 때 우리는 자국을 발생시킨 칼의 존재이자 울음의 존재가 된다.

2.

이 시집에서 김다연은 존재 충돌의 자국을 파편화된 이미지로 그리는 데 집중한다. 이때 파편이 된 것들은 존재가 자기 기원을 발견하는 '거울'이다. 알다시피 거울은 존재의 자기 인식의 장이자 자기 각성의 계기가 되는 상관물로 기능해왔다. "달빛이 비스듬히 기울인 저수지 수면에 / 어느 부족 여인의 모습이 비친다"(「인디언 라인처럼」)에서처럼 거울 상징은 자기 반영의 계기로 작용한다. 김다연의 경우에는 거울이나 수면 같은 반사면을 통해 "어느 부족 여인" 같은 이질적인 자기 모습을 발견한다. 그렇지만 거울이 파편으로 그려지는 것은 인식 주체로서의 자기와 대상화된 자기 사이에 모종의 분열이 발생하고 있다는 것을 뜻한다.

알람이 죽자 안개가 낀다

귀를 맞추면 입이 틀어지는 조각 퍼즐처럼
몸 따로 생각 따로 하품을 한다

무중력의 침대에 누워 설정하는 무의미들

취한 구름에 몰리는 시간 속으로
무의미가 만드는 의미들이
토막 뉴스처럼 둥둥 떠다닌다

지우개가 달린 연필, 지우개만 남은

생각은 토르소와 같다
발목에 머리를 달고
떠도는 안개의 인형들

알람이 꺼진 오후는 완전하다 설정된 채
멈춘 것들의 무중력한 장
구름 속에 머리를 던지고 유빙하는

늙은 여자의 부풀린 고해 같은 하품

각기 다른 공백들을 끼워 맞추며
오후에서 오후로 건너는 시간의 퍼즐 조각들

액정 밖으로
죽은 시계를 찬 당신의 손목이 불쑥 떠오르기 조금 전,

내 얼굴을 한 인형이 벨을 누른다

「액정이 깨진 오후」 전문

이 시에서 "액정"은 자기 반영의 인식 도구이다. 그런데 이미
"액정"은 깨져 있고, 그런 까닭에 "귀를 맞추면 입이 틀어지는 조
각 퍼즐처럼 / 몸 따로 생각 따로" 분열된다. 이러한 분열 상태
를 심화해가는 과정에서 "무중력" "무의미들" "멈춘 것들" "공백
들" "죽은 시계" 같은 존재의 불능 이미지가 반복된다. 모든 이미
지는 "토막 뉴스처럼 둥둥 떠다"니고 "발목에 머리를 달고 / 떠
도는 안개의 인형들"은 "늙은 여자의 부풀린 고해 같은 하품" 이
미지로 전이된다. "영혼을 갉는 불안이" "내 안의 환청에 귀 기
울"(「태양이 빛나는 밤에」)이는 것이나 "한눈엔 안보이고 실눈 뜨
면 보이는 // 생략된 형체"(「11월의 비망」)처럼 김다연의 시에서
존재는 "허공과 바다 사이 / 나를 잃어버리기 위해 돌고"(「자이로
스코프 효과」) 돌면서 "나선형 미끄럼틀을 타고 / 하염없이 내려
가는 클라인병"(「병 속의 시간」)을 앓고 있다.
　클라인병은 뫼비우스 띠처럼 안과 밖의 경계가 녹아내리면서

내외가 일체화된 도형을 말한다. 이 경우 내부와 외부는 파편이 되어 해체되는 것이 아니라 전체를 구성하는 부분들 속으로 무기력하게 통합된다. 존재와 존재가 자기 정체성을 상실하면서 자연스럽게 통합되는 현상은 김다연의 시에 다양하게 변주되어 등장하는 이미지이다. "맨정신으로 꿈을 꾸면 꼭 정신 나간 사람 같아"(「태양이 빛나는 밤에」), "필 때 붉고 / 떨어질 때 붉고"(「절정」), "한쪽은 맨정신 / 또 한쪽은 망상"(「레디메이드 인생」)처럼 한 존재의 맞은편에 존재의 다른 양상을 위치시키는가 하면, 때로는 "도로 제 그림자에 내려앉는 오리들"(「물방울 우주」)처럼 분열과 분열의 회복을 증상으로 드러내는 모습도 보인다.

이렇게 분열과 통합의 계기가 수시로 작동한다는 것은 그의 시가 어떤 상실의 순간에 깊이 감염되어 있다는 것을 의미한다. "울지 않는 소 한 마리 / 내 몸에 묶"여 있다가 "코뚜레만 남기고 / 사라진"(「38도 9부」) 사태는 단순히 '소'의 부재를 말하기 위한 서사가 아니다. '소'의 상실은 '소'와 연결되어 있던 화자의 삶이 무기력해졌다는 것을 뜻한다. 그럴 때 '소'는 몸 밖의 타자가 아니라 이미 '내 몸'의 일부가 된 타자가 된다. 내 몸의 일부로 자아화된 타자는 거의 언제나 '기억'의 방식으로 존재한다. 타자에 대한 경험은 자아에 귀속되지만, 타자가 없이는 기억이 성립하지 않는다는 점에서 기억은 자아의 것만도 아니다. 그것은 존재의 삶이 고립적이고 독자적일 수 없다는 뜻이다. 한 존재의 소멸은 그 존재를 기억하는 누군가에게도 삶의 소멸을 가져온다. 그럴 때 소멸하는 삶은 두 존재가 클라인병처럼 서로의 경계를 해체하고 하나로 존재했던 것들이다. 존재가 소멸하는 순간 그것이 드리웠던 그늘도 소멸해버리는 것처럼, 김다연의 시는 존재했지만 존재하지 않는 세계, 한때 '내 몸'과 더불어 있었던 존재를 향해 열리고자 한다. 그리하여 김다연의 시는 "밤마다 가려운 쪽으로 기우는 나무"(「은행잎지전나비」)처럼 자정의 문을 향해 나아간다.

3.

김다연의 시에서 존재 통합의 순간 또는 자아화된 타자의 모습은 자정의 문이 있는 '밤' 이미지를 통해 강조된다. 밤은 어떤 것이 존재한다는 사실을 증명할 수 없는 시간이다. 오히려 밤은 어둠 속에 모든 것을 통합한다. 그뿐만 아니라 "운명이란 우연이 아니라 "어스름 허공에 걸리는 초승달 같은 거야"(「달을 깎다」)라고 말할 수 있는 것처럼, 밤은 존재의 운명을 자기 내부에 걸어놓은 시간이기도 하다. 밤은 '초승달'을 운명처럼 품지만, 운명은 조금씩 빛나기 시작하다가 결국은 다시 캄캄한 어둠으로 소멸한다. 자아의 기억에서 타자는 그렇게 잠깐 빛나는 순간을 보여주고는 어둠 저편으로 사라져간다. 그렇게 본다면 초승달이라는 타자를 품고 있는 밤의 형상은 존재의 내면을 채우고 있는 기억이라고 할 수 있다. 모든 존재는 내면 깊숙한 암흑의 세계에 타자를 향해 한때 빛났던 기억을 감춰놓고 있는 법이니까.

편백나무 붙들고 한철 내내 울던 매미는
울음으로 무언가를 봉했을 거야

캄캄한 유폐의 기억 말고
한낮의 뜨거움, 모두 다 아는 사실 말고

그보다
아뜩하고 뜨거운 생의 또 다른 허구

이를테면, 휘청휘청
공중을 밀어 올리는 편백이나
옹두리에 집을 짓는 청설모의 비밀을

고행의 껍데기로 고스란히 남겨두고

후생에도 매미일 매미는
울음으로 울음을 봉하며 생을 버리는 거지

「허물」 전문

이 시에서 말하는 "캄캄한 유폐의 기억"은 시집을 관통하는 유일한 빛과 같다. 김다연은 캄캄하게 유폐된 존재를 찾아 자정의 문을 열고 들어간다. 그 문은 알다시피 "울음으로" 봉해져 있다. 울음이 봉해놓은 기억의 문을 여는 일은 "아뜩하고 뜨거운 생의 또 다른 허구"를 발견하는 일. 이렇게 본다면 존재의 기억은 모두 뜨거웠던 삶의 흔적이 아닐까? 김다연은 여기에서 그치지 않고 그 치열했던 흔적을 '허구'의 세계로 편입시켜버린다. 자아의 세계에 들어와 있는 타자는 자아에 '유폐된 기억'에 불과하기 때문이다. 그렇게 볼 때 자아화된 타자는 "사실을 허구 속에 담은 암수동체의 물고기"(「플롯들」)처럼 "사실과 허구 사이 / 불규칙한 떨림"(「와우, Wow」)으로 존재할 수밖에 없다. 그럼으로써 김다연은 "텅 빈 공간에 스스로를 가둔"(「네모난 동그라미」) 채 타자인 "그의 부재를, 다만 / 없는 번호 탓으로 착각"(「숫자의 행방」)한다.

이렇게 기억에 유폐되고 타자의 흔적이 부재의 징후로 드러나고 있음에도 김다연은 그것을 "공갈빵처럼 부풀어 중력을 잃는 / 시간의 몽유, 아무것도 달라지지 않는 / 이런 식의 망각이 좋"(「숫자의 행방」)다고 인식한다. 존재의 소멸을 인정하지 않고, 존재의 부재를 자기 기억의 '망각'으로 '착각'하는 것이다. 이는 "고행의 껍데기로 고스란히 남겨두고" 소멸해버린 타자 존재가 김다연의 삶에 끼친 영향력이 결정적이었다는 사실을 말해준다. 부재를 인정하고 싶지 않은 김다연은 "이 별의 인연으로 / 허공을 쥔 채 몸 비트는 등나무"가 되어 "뿌리에 힘을 주고 이파리 만장 팔랑거"(「바람을 위한 만사」)릴 수밖에 없다. 이때 팔랑거리는 이파리 만장은 유폐된 자아화된 타자의 기억이 될 것이다.

우연히 잡힌 주파수처럼 멈춘 가등 밑 차창에
빗방울이 빗방울을 받아
적조한 서간을 적는다

방울방울
타자기를 두드리는
빗줄기의 문장, 읽는 순간 흐릿하게 번지는 문법은

오직 한 사람만을 위한 미세한 전류

빗방울에 미끌리는 빗방울의 행간에

공중을 맴돌며 울먹여도 봤을

구름의 얼룩들이

나와 나 사이

투명한 원형의 막에 갇혀

필라멘트처럼 떤다

차 안으로 스며 차안此岸으로 날아오르는 불사조들,

한 마리씩

속눈썹에 적시는 나는

비이면서 빗방울인 빗줄기

「생생」 전문

    우리가 운명이라고 믿는 순간은, 김다연이 그런 것처럼, 우연이 거듭 반복되어 나타나면서 만들어내는 존재의 착각일지도 모른다. 지나고 나면 모든 순간은 운명적이었던 것처럼 생각된다. 그러나 "방울방울 / 타자기를 두드리는 / 빗줄기의 문장"은 운명이 아니라 전적으로 우연의 산물이다. 운명은 언제나 "빗방울에 미끄러지는 빗방울의 행간에" 도사리고 있다. 그러나 우연과 맞닥뜨린 순간에 운명의 행간을 감지할 수 있는 사람은 드물다. 그래서 운명은 뒤늦은 발견이 되고, 늦은 만큼 운명은 결정적인 장면이자 복원 불가능한 일이 된다.

    김다연은 그러한 운명의 본질을 "오직 한 사람만을 위한 미세한 전류"라고 규정하면서 "너와 나 사이"에서 운명이 "필라멘트처럼 떤다"고 믿는다. 그럴 때 운명은 "투명한 원형의 막"의 형상으로 자신의 모습을 드러낸다. 투명하고 동그란 형상은 안팎이 한 몸을 이루고 있는 클라인병과 다르지 않다. "빗방울이 빗방울을 받"는 것처럼, 운명은 "우연히 맞추는 퍼즐 같기도 한 본능"(「어느 날의 섬들」)이어서 존재와 존재의 내적 결합을 완성해낸다. 이렇게 발생한 운명은 존재가 소멸하더라도 해체되지 않는다. 운명은 "차안此岸으로 날아오르는 불사조"가 되어 삶과 죽음이 공존하는 인간 세계를 떠돈다. 그래서일까? 김다연의 시는 그러한 세계에 엎드려 "무릎 꿇고 닦아내는 / 내 한 몸의 얼룩"(「더 이상 쥐어짜지 마라」)처럼 뜨겁게 읽힌다. 그 얼룩을 상실한 존재의 기억 어디에도 "뿌리내리지 못한 사랑"(「바람을 위한 만사」)이라고 해도 좋을 것이다.

4.

김다연의 시에는 부재하는 타자의 '삶'이 있고 그 타자를 자아화한 '기억'이 있다. 이때 타자는 '삶을 앓는 삼류복서'가 될 것이고 기억은 '정신을 앓는 일류작가'의 일이 될 것이다. 김다연은 삼류복서의 부재하는 삶을 기억 안에서 재생하고자 정신을 앓는 중이다. 그럴 때 그의 기억은 "아픔을 아픔으로 견디기 위해 // 스스로를 찌르던 그 가시"(「아카시아」)가 된다. 삼류복서의 삶을 기억에서 재생하는 일이 자기를 찔러대는 가시가 됨으로써 그의 정신은 아픔을 견디는 '고행의 껍데기'가 되는 것이다. 그런 아픔이 지극한 경지에 이르는 순간, 김다연은 "삶의 등 뒤에, 공연히 / 허공을 당기는 일"(「방아쇠 증후군」)에 매달려 있는 자신을 발견한다.

창공을 내려와 지상에 귀화한 새
무한의 자유를 버리고 조브장한 안에 갇힌 새

바람으로 뚫던 깃을
뒤뚱거리는 무게로 바꾼 새

어딘가 남아있는 고도의 외로움에
꽁지만큼 닳은 날개로
공연히 허공을 치는

어리석은 새,

「화이트 아웃」 부분

이 시에서 "새"는 "고도의 외로움"을 상징한다. 그 새는 "공연
히 허공을 치는 // 어리석은" 존재이다. 이 "조브장한" 기억에 유
폐된 새의 모습에서 우리는 시인 김다연을 발견할 수 있다. 그리
고 또 하나, '자정에만 문이 열리는' 세계가 그의 기억 세계라는
것도 알게 된다. 김다연은 상실해버린 존재를 향한 스스로 기억
"안에 갇"히고자 한다. 그곳에서 그는 유폐된 어떤 존재를 향해
이렇게 말한다. "사랑해, / 그냥"(「한도를 초과한 말」) 사랑의 대상
도, 사랑의 맥락도, 사랑의 목적도, 사랑의 충동도 드러내지 않
고 '그냥'이라고 심심하게 말함으로써 역설적으로 사랑을 초과
해버리는 이 짧은 고백이 이번 시집에 담겨 있는 김다연의 시일
것이다.

시인 김다연

1961년 전북 익산에서 태어나 방송통신대 국문학과를 졸업했다. 시집 『사랑은 좀
처럼 편치 않은 회귀새다』(2002년)로 작품 활동을 시작했으며, 『바늘귀를 통과한
여자』(2005년)로 주목받다가 돌연 시와 멀어졌다. 『우연히 잡힌 주파수처럼, 필라
멘트처럼』은 그동안 앓은 생의 중얼거림이자 자전이다.

모악시인선 026

우연히 잡힌 주파수처럼,
필라멘트처럼

1판 1쇄 찍은 날 2021년 10월 22일
1판 1쇄 펴낸 날 2021년 10월 29일

지은이 김다연
펴낸이 김완준

펴낸곳 모악

기획위원 김유석, 유강희, 문신
출판등록 2016년 1월 21일 제2016-000004호
주소 전북 전주시 덕진구 기린대로 418 전북일보사 6층 (우)54931
전화 063-276-8601
팩스 063-276-8602
이메일 moakbooks@daum.net

ISBN 979-11-88071-38-8 03810

값 10,000원